Xavier-la-lune

Catalogage avant publication de
Bibliothèque et Archives nationales du Québec
et Bibliothèque et Archives Canada

Audet, Martine
Xavier-la-lune
Pour enfants.

ISBN 978-2-89512-908-0

I. Melanson, Luc. II. Titre.

PS8551.U374X38 2010   jC843'.54   C2010-940540-4
PS9551.U374X38 2010

Directrice de collection : Lucie Papineau
Direction artistique et graphisme : Primeau Barey
Dépôt légal : 4e trimestre 2010
Bibliothèque et Archives nationales du Québec
Bibliothèque et Archives Canada

Dominique et compagnie
300, rue Arran, Saint-Lambert (Québec)
Canada J4R 1K5
Téléphone : 514 875-0327
Télécopieur : 450 672-5448
Courriel : info@editionsheritage.com

www.dominiqueetcompagnie.com

Imprimé en Chine

Nous remercions le Conseil des Arts du Canada
de l'aide accordée à notre programme de publication.

Nous reconnaissons l'aide financière du gouvernement
du Canada par l'entremise du Fonds du livre
du Canada pour nos activités d'édition.

Nous reconnaissons l'aide financière du gouvernement
du Québec par l'entremise du Programme de crédit d'impôt
pour l'édition de livres — SODEC — et du Programme d'aide
aux entreprises du livre et de l'édition spécialisée.

Xavier-la-lune

Texte : Martine Audet

Illustrations : Luc Melanson

Je m'appelle Xavier.

Les autres autour, comment s'appellent-ils?

Si elle avait des tresses, la fille devant moi

ressemblerait à mon amie Aglaé Aglaé,

qui a presque six ans.

L'institutrice, quel est son nom?
Elle a les cheveux du même gris
que le poil du chat Bonheur
et les joues roses de maman maman.
Mais elle n'a pas son grand sourire.

Maman maman,
son sourire grand comme le fleuve...

L'été dernier, elle a emprunté
la voiture de l'oncle Abel
et nous avons roulé, roulé
(tellement que j'ai eu un peu mal au cœur
et qu'il a fallu s'arrêter deux fois
pour les pipis et les sandwichs).

Le fleuve, c'est loin, c'est beau,
c'est... oh !
Ce n'est pas comme le tableau vide,
derrière l'institutrice.
C'est immense et plein d'eau !
De l'eau qui bouge, qui éclabousse,
qui grignote le sable, les rochers,
et les recrache en forme d'algues,
de coquilles bleues et cassantes,
de galets plus doux que doux.

Le fleuve, il change tout le temps.

Parfois, il est plat comme un miroir

et, avec des jumelles, on peut y voir des phoques.

Parfois, il se gonfle, il rugit et il sent fort.

Il fait presque peur.

De cette peur qui donne des petits frissons

et aussi des rires, avec les mains sur les yeux,

des rires, des rires fous comme ceux de mon amie Aglaé Aglaé.

Ah! ses fous rires papillons!

Une fois, je les ai presque attrapés

avec mon appareil photo!

Mais aujourd'hui, première journée à l'école
Quartier sud-est-nord-ouest,
dans la classe de madame madame l'institutrice,
je suis venu pour apprendre.

Apprendre, c'est comme prendre
avec des lettres.
Il y a des A-prendre,
des B-prendre, des C-prendre,
enfin je crois...
Il y a aussi des chiffres à prendre.
« C'est pour aller plus loin et plus vite
que sur tes dix doigts »,
a déclaré en riant maman maman.
Alors dans la classe, il faut que je me concentre.
« S'il te plaît, laisse ta lune à la maison »,
m'a dit maman maman.

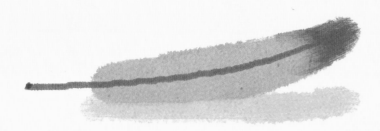

Je regarde fort fort, mais le tableau est toujours vide.

L'institutrice s'agite devant.

Elle parle avec ses mains.

On dirait les goélands qui volent au bord du fleuve,

ou les autres, les grands noirs, les cormorans,

qui sèchent leurs ailes sur les rochers.

Ils crient, ils s'amusent dans les airs

et soudain ils plongent et attrapent un poisson.

Je m'ennuie de ces moments.

Je m'ennuie des vagues et du vent.

Même la pluie là-bas,

je l'aime.

Une fois, j'étais dehors.

Je coloriais l'arbre de mon dessin

et tout à coup, boooouuum !

Le ciel a craqué !

J'ai sursauté.

Zut ! la couleur avait dépassé.

Puis, très vite, la pluie est tombée.

Plus vite encore, j'ai couru, couru vers le chalet.

En montrant mon dessin un peu mouillé

à maman maman, je lui ai lancé :

« La pluie, c'est comme du ciel qui dépasse. »

« Quelle belle image ! s'est exclamée maman maman.

Je vais la mettre dans un poème. »

Des poèmes, maman maman en écrit souvent.
Elle met ensemble des mots qui font naître
de la musique dans le cœur et des images dans la tête.

Les poèmes, m'a expliqué maman maman,
donnent des mots à mettre aux peines,
à l'inconnu, au merveilleux,
aux jours de monstres trop monstrueux,
aussi à ce qui est difficile à dire,
comme les je t'aime, les j'ai mal...

« Plusieurs pensent que les poèmes ne servent à rien,
m'a aussi dit maman maman.
Mais, en fait, ils ressemblent à des bisous,
ces petits riens qui donnent beaucoup ! »
Oh ! ce serait bien triste de s'en passer,
des bisous, des bisous dans le cou,
sur les genoux, des bisous...

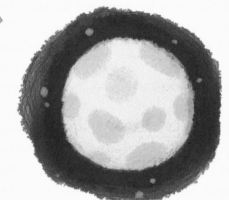

« Xavier ! Xavier ! »
« Quoi ? Quoi ? »
Soudain je remarque que la classe entière me fixe.
« Tu es dans la lune ? demande l'institutrice.
À qui donnes-tu des bisous ? »

Je rougis jusqu'au bout des oreilles,
mais madame madame l'institutrice
a un grand sourire, un sourire grand
comme le fleuve.

Je serre très fort un des galets doux
que j'ai ramenés de mes vacances
et que je garde au fond de ma poche.
Puis je pense au poème que j'ai composé
avec maman maman.

dans ma main

c'est malin

une roche
une roche

dans ma main

c'est malin

une roche
dans ma poche

Le rouge de mes joues s'en va et je commence à raconter
les bisous des vagues au bord du fleuve,
ceux de maman maman,
les bisous qui me manquent aussi,
comme ceux du chat Bonheur mort l'été dernier...

Alors, avec madame madame l'institutrice, qui s'appelle Jeanne,
nous apprenons à dessiner des bisous.
Puis nous les collons sur le grand tableau vide
avec des lettres pour nos noms,
des noms pour tous les amis autour :
Hélio, Rose, Mei, Sarah, Ilinka, Danée, Camille, Gertrude,
Malek, Baptiste, Rokia, Vincent, Scarlett, Mariko, Olivier,
Aimée, Béatrice, Nadège, Blaise, Alice, Laila, Antoine,
Savannah-Lou et...

... et moi, Xavier-la-lune.